L'OBSERVATEUR

AU MARAIS,

SUR DIVERSES COMBINAISONS

DU 3o ET 4o;

PAR L****.

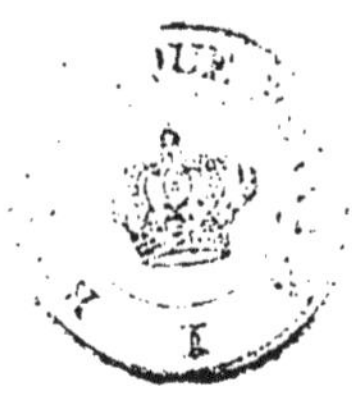

Aperi oculos.
And make attention.

PARIS,

Chez Mme Ve H. PERRONNEAU, Imprimeur-libraire, quai des Augustins, n° 39;
Et chez tous les Marchands de Nouveautés,

1818.

AVIS AU LECTEUR.

Il ne me serait jamais venu à l'idée de faire gémir la presse de mes réflexions, tant j'eus de plaisir à voir revenir nos anciens pères.

En 1814, je communiquai à un ancien magistrat du conseil du Roi un plan de liquidation qui ne fut pas accueilli, ayant introduit un papier, seulement pour absorber les créances de l'état, et qui eût été retiré par la voie d'une loterie.

Je ne me déconcertai point : en lisant l'histoire, il me tomba sous la main plusieurs opérations de finances qui ont eu lieu sous différens ministères.

Je m'arrêtai à celui de 1653, qui eût pu convenir à la situation de la France.

L'on ne m'en voudra pas si je ne l'ai pas mis plus tôt au grand jour ; cependant j'en avais présenté des fragmens en 1815 ; mais mes efforts furent inutiles.

Je n'ai que le désir d'être utile à mon pays, à mes concitoyens ; de faire voir que nous n'avions pas besoin de nous modeler sur nos voisins, quand, chez nous, nous pouvions faire mieux. C'est pourquoi je me crois forcé de développer un plan qui eut du succès en 1653.

Je prie mes concitoyens de ne pas s'arrêter aux différens calculs qui font partie des tableaux que j'ai été obligé de présenter pour donner de la vraisemblance dans les opérations réunies des plans de finances qui ont eu lieu sous les ministères des Colbert et Mazarin ; ces tableaux devant venir à l'appui de mes raisonnemens.

« Chaque gouvernement doit avoir son
« système ; celui de l'un ne peut souvent
« pas convenir à l'autre. Nous n'avons
« pas tous la même route à parcourir :
« suivons celle qui nous a été tracée par
« nos pères, si nous ne voulons pas nous
« écarter du vrai chemin. »

J'ai cherché à me rendre le plus concis que possible ; les phrases ne donnant aucuns résultats en finances.

On trouvera des notes ou des réponses aux objections que mes lecteurs feront.

L'OBSERVATEUR

AU MARAIS,

SUR DIVERSES COMBINAISONS

DU 3o ET 4o.

———

Le rentier du Marais, par nécessité, doit calculer avec plus de principes que le financier de la Chaussée-d'Antin.

Il n'y a rien d'étonnant que le rentier s'établisse en observateur : il en a tout le temps. Il doit l'être plus que tout autre, sous le rapport de ses facultés pécuniaires.

Sur la fin de 1813, les centimes additionnels commencèrent à se faire sentir sur son revenu.

En 1814, lors de l'entrée du Roi, il pouvait se réjouir dans l'espérance de voir disparaître ces trente centimes supplémentaires de 1813 ; mais ses espérances furent déçues. (Ce n'est pas qu'il soit tout aussi bon citoyen qu'un autre.)

La matière sur les finances est certes la plus intéressante. C'est celle à laquelle on a le moins fait attention, s'en rapportant à ceux qui par leurs places doivent avoir plus de connaissances dans cette partie, que ceux qui n'y sont appelés que momentanément, pour discuter des opérations dont il faudrait avoir fait une étude particulière.

Sans cette partie de ministère, tous les autres ne sont rien.

Chacun s'est efforcé de se faire entendre pour trouver des moyens de restauration dans les finances.

Les uns de parler économies, les autres de suppressions, et personne n'a imaginé qu'il fallait consulter nos anciens financiers sur cela.

C'est ce qui me détermine à faire revivre les Colbert et Mazarin qui avaient su rétablir les finances de leur temps, sans mettre d'impôts.

Je pris notes sur notes durant toutes les sessions; je ne vis rien de positif, rien qui tendît à la libération de l'état.

Je me dis à moi-même : Qu'est-ce qu'un état ? c'est une famille.

Lorsqu'un état puissant ne doit qu'à lui-même, la confiance et la circulation suffisent.

Sous tous les règnes, les finances ont toujours été la pierre d'achoppement.

Dans un état qu'y a-t-il à considérer ? le bien général.

On ne doit pas envisager si une opération, au premier abord, présente quelques inconvéniens, quand le bonheur d'un état en dépend. Attendrait-elle le capitaliste (*c'est ce que les Colbert et Mazarin n'appréhendaient pas*) ? l'état ne pourrait qu'y gagner ; ses capitaux se verseraient dans le commerce et dans les campagnes ; ils contribueraient de cette manière à l'impôt, et l'impôt serait moins lourd.

« De l'activité du commerce dépend la propor-
« tion du droit comme de la facilité de la per-
« ception.

« L'impôt n'est pas difficile à créer ; mais lors-
« qu'on marche à l'exécution sans se rappeler les
« principes qui sont sa base, on échafaude sur le
« sable (1) ; successivement les chimères s'éva-
« nouissent, et les charges restent.

« Avec de telles idées, on voit la pierre philo-
« sophale jusqu'à l'instant où l'opération s'achève.

« Avant d'établir un impôt, il faut examiner
« s'il ne doit pas nuire à la perception d'autres re-
« venus plus commodes, plus assurés.

____

(1) Il y en a déjà des effets, par nombre de boutiques à louer dans les quartiers les plus marchands.

« Rien au monde n'est si délicat que la nature
« d'impôts sur les consommations ; ce sont les
« plus doux, les plus abondans ; mais ils ont des
« proportions de rigueur, soit avec les autres
« genres d'impôts, soit avec une infinité de cir-
« constances.

« Personne n'ignore qu'augmenter l'impôt n'est
« pas souvent augmenter la recette.

« C'est protéger la contrebande, et toute con-
« trebande est nuisible au commerce (*chose qu'il*
« *faut éviter*).

« Il est un calcul à faire : y a-t-il assez de nu-
« méraire dans un état, pour que la proportion
« de l'impôt général avec la masse d'argent soit
« au plus de 1/4 à 1/5 du cent ? Sans cette propor-
« tion, tout calcul devient illusoire. »

Un ministre doit s'entourer d'observateurs.

Il en est qui lui auraient dit qu'il est une poli-
tique en finances comme en tout autre chose.
On lui aurait donné connaissance d'un discours
prononcé sous le régent de Louis XIII, par
Mgr le chancelier de Sillery, lorsque le Roi fit
assembler ses états-généraux sur une crise dans
ses finances.

Discours.

« La prudence ne permet pas aux souverains
« de découvrir la force et le détail de leurs reve-
« nus : c'est le motif et le plus ferme appui de
« la puissance d'un roi.

« Peut-il s'exposer à un danger évident, faire
« connaître sa ressource la plus sûre à des enne-
« mis secrets ou déclarés ? (1) »

Qu'en consultant les Colbert et Mazarin on
aurait trouvé la marche à suivre ; nos anciens en
sachant bien autant que nous : ces ministres ne
flattaient point les capitalistes ; toutes leurs opérations tendaient au bonheur du peuple et du souverain.

En 1653, les Colbert et Mazarin avaient su rétablir les finances sans mettre d'impôts ; et les
ressources moins grandes, c'eût été la même opération à exécuter. La dette eût été liquidée en dix
ans, sans impôts.

En 1814, quelle était la nature de la dette ?
un arriéré.

Rien de si facile à liquider, non comme nos
financiers de la révolution avaient liquidé : les intentions du souverain n'étant pas telles.

____

(1) Passage de circonstance.

Y avait-il une circonstance plus favorable, dans la position où se trouvait la France, sous un gouvernement qui devait prendre une nouvelle consistance, une nouvelle forme, ayant une dette énorme (*presque impossible de payer*), d'adopter le plan de 1653, sans blesser la Charte, ce plan n'étant nullement contre le droit des gens ?

Ne pas nous faire plus riches que nous n'étions ; ne pas se permettre d'annoncer que les ressources de la France étaient intarissables (*il suffisait de le penser*) ; que l'on viendrait à bout de payer tout arriéré, même toutes indemnités ; dans un moment où toutes les puissances avaient les yeux fixés sur nous ; elles-mêmes, dénuées d'espèces, ne faisant leur service que partie en papier, partie en numéraire ;

Il n'y a pas de doute que la journée du 20 mars et les cent jours n'auraient pas eu lieu ; les alliés, à cette époque, ayant été de bonne foi, et n'ayant eu que de bonnes intentions pour la famille des Bourbons, la première fois.

Mais rappeler à toute la nation, à la nation entière la générosité de Louis XIV, envers le roi Jacques, lorsqu'il fut obligé de s'enfuir, chassé de son trône, et qu'il se réfugia en France, en 1689.

Ce grand prince allaa u-devant de la reine, à Saint-Germain, et lui dit :

Je vous rends, Madame, un triste service; mais j'espère vous en rendre bientôt de plus grands, de plus heureux. Ne point parler des présens qu'elle trouva sur sa toilette, ni de parler de la pension qui fut accordée au Roi pendant son séjour en France, pour la dépense de sa maison (détails au-dessous d'une grande nation); faire mention de l'appareil avec lequel Louis XIV essaya de remettre le roi Jacques sur son trône ; ne pas oublier qu'au moment des adieux des deux rois, ce grand prince fit présent de sa cuirasse au roi Jacques, en lui disant : *Tout ce que je puis vous souhaiter de mieux, c'est de ne vous revoir jamais.*

Les indemnités eussent été moins considérables, ou au moins ceux qui y auraient eu des droits, obligés de se conformer au mode de liquidation introduit pour le payement des liquidations ou arriérés (*quant aux sujets*); mais pour les puissances, il aurait été plus facile de traiter, n'ayant pas été obligés d'épuiser toutes les ressources, pour parer aux événemens du moment, comme on a fait.

C'est alors que les expédiens des cent millions, les supplémens de cautionnemens auraient joué un grand rôle, et nous ne serions pas obligés de jouer à présent le 3o et 4o pour payer (1).

Pour exécuter le plan de 1653, il eût fallu proposer à cette époque une liquidation générale en reconnaissances de liquidations ; non comme la loi du 28 avril a ordonné, mais admissible dans un emprunt pour cadrer avec le plan de 1653.

Avant de savoir comment on pourra opérer une liquidation générale, il faut connaître les charges ; la masse connue, on opère avec plus de sécurité.

Comme l'énormité de la dette eût empêché de prendre un parti pour acquitter en numéraire tous les créanciers, sans surcharger le peuple, c'est alors que le moyen de l'emprunt eût été nécessaire pour absorber la dette et liquider le créancier, sans perte, d'après les avantages dont il sera parlé ci-après ;

Pour rendre l'opération plus complète , et parvenir à faire et trouver des économies dans les finances ; comprendre dans la liquidation générale toute espèce de cautionnemens, sauf aux comptables à en fournir d'autres en immeubles (2).

Par cette opération, libération de la caisse d'amortissement.

---

(1) *Utere sed non abutere.*
(2) Voyez les objections.

La caisse d'amortissement liquidée, il n'y a plus besoin de dotation : économies pour l'état.

Le grand livre modéré.

Il n'est plus nécessaire que d'un trésorier des consignations ou dépôts. Cette caisse, bien administrée, aurait fait encore le service de la caisse d'amortissemeut comme auparavant.

En 1814 notre position n'était pas des plus brillante ; cependant nous étions encore en possession d'une partie des biens communaux ; toutes les ventes n'étaient point terminées, il n'y avait eu que des à-comptes donnés ; il eût été facile de les rembourser en reconnaissances de liquidation, et l'état rentrait dans ses capitaux.

De plus, cent mille hectares de bois intacts.

C'était une hypothèque à présenter aux créanciers de l'état ;

Des valeurs pour rembourser, en opérant suivant le plan de 1653 ;

Et le grand livre respecté.

De tout temps il est reconnu que ce n'est qu'en remboursant qu'on peut parvenir à se mettre au pair.

« Peut-on savoir ce qu'on fait quand on em-
« piète une année sur l'autre ?

« Peut-on savoir ce qu'on doit quand les liqui-
« dations ne sont pas terminées ?

« Et doit-on se permettre de liquider ou de
« payer un créancier, sans savoir si tous pourront
« être traités de même ? »

On a opéré comme si des révolutions devaient
avoir lieu tous les ans (*au jour le jour*).

On a liquidé en obligations à huit pour cent ;
d'autres en reconnaissances de liquidation portant
intérêts à cinq pour cent.

C'est forcer le grand livre.

*Quelle uniformité d'opérations, et point de
libération ?*

« C'est des commencemens que dépendent
« ordinairement toutes les opérations, bonnes
« ou mauvaises : pour une opération particulière,
« il n'y a qu'un individu de victime ; mais, pour
« un état, c'est la masse entière, ce sont les
« sujets qui en souffrent. »

Les Colbert et Mazarin consultaient différens
corps de l'état avant de présenter une opération.
Qui consultaient-ils ? *le négociant ;* sans cette
classe l'état n'est rien (1).

----

(1) Il faut proportionner le bénéfice des affaires de
finance à celui que donne le commerce ; ne pas oublier
que leur profit est toujours une diminution des revenus
du peuple et du souverain.

Les contrôleurs généraux n'avaient qu'un premier commis des finances ; il se prenait dans une classe qui se connaissait en liquidation (dans le notariat). Ce premier commis faisait à lui seul ce que les huit ne peuvent faire, et cela coûtait huit fois moins à l'état.

Je me demande tous les jours pourquoi n'avons-nous pas fait de même, *la dette serait déjà à moitié payée.*

De tous côtés j'entends dire : on ne travaille plus ainsi ; que deviendraient nos capitalistes ?

Les Colbert et Mazarin les éloignaient de toutes les opérations.

« Les financiers d'à présent ne connaissent que
« l'agiotage.
« Ces sortes d'opérations sont ruineuses.
« Le capitaliste s'enrichit, le propriétaire sup-
« porte les charges, et le commerce languit. »

Plan des Colbert et Mazarin de 1653.

Le plan était un emprunt en numéraire , remboursable en dix ans , de même en numéraire.

En portant à l'emprunt on vous remettait dix coupures ou annuités qui formaient le capital de votre mise (*c'est de l'argent au besoin*).

Ces coupures ou annuités étaient remboursées sans intérêts.

Et pour dédommager le prêteur de ses intérêts perdus pendant dix ans , l'état lui constituait une rente viagère qui lui rendait 10 p. o/o de son capital , *son capital rentré.*

C'est ainsi que les Colbert et Mazarin opéraient : ils ont rétabli les finances de l'état sans mettre d'impôts , ni payer des intérêts qui sont toujours à charges.

La rente pour l'état fut constituée , en 1653, à 2 1/2 , et rendait au porteur 10 p. o/o.

Mais comme nous sommes accoutumés aux 7 et 8 p. o/o , j'observe qu'il serait à propos de la porter à 3 p. o/o , ce qui rendrait 12 p. o/o pour les uns , et 15 à 16 pour les autres , comme on le verra par la suite des opérations , et le tableau , sans que pour cela l'état ne soit pas trop surchargé.

TABLEAU des Remboursemens progressifs de l'emprunt, sous le rapport des intérêts calculés pour toutes chances.

SUR UNE MISE DE 10,000 fr.

ANNÉE.	Paiement par année.	Capital réduit.	Intérêt à 4 pour o/o.	Intérêt d'intérêts.		Bonification de 6 semaines sur le coupon,	Intérêt à 5 pour o/o.	Intérêt d'intérêts.		Bonification de 6 semaines sur le coupon.	
	fr.	fr.	fr.	fr.	c.	fr.	fr.	fr.	c.	fr.	c.
1	1000	9000	400	16	»	100	500	25	»	125	»
2	1000	8000	360	14		45	450	20	25	56	25
3	1000	7000	320	12	60	40	400	20		50	
4	1000	6000	280	11	20	35	350	16	25	43	75
5	1000	5000	240	9	80	30	300	15		30	
6	1000	4000	200	8	»	25	250	10	25	25	
7	1000	3000	160	6	40	20	200	10		20	
8	1000	2000	120	4	60	15	150	7	25	15	
9	1000	1000	80	3	40	10	100	5		10	
10	1000	0000	40	1	60	5	50	2	25	5	
	10,000		2,200	87	60	325	2,750	131	25	380	»

Par les calculs des différens intérêts, il sera facile de voir la perte dans les 10 années des remboursemens d'avec la bonification par l'usage des coupures ou annuités, et ce que donnera chaque viager suivant la nature de sa créance liquidée.

L'emprunt fait en numéraire , et remboursé de même , eût été une chose impraticable.

Qui aurait eu confiance dans un emprunt de cette nature , dans un nouveau gouvernement (c'est-à-dire qui n'a pas d'assiette) ? mais on aurait pu se servir des mêmes bases , et opérer suivant les circonstances des choses.

La dette arriérée était un puissant moyen pour l'exécution d'un semblable emprunt.

Pour exécuter ce plan d'emprunt , au lieu de numéraire à porter à l'emprunt, on aurait pris pour comptant, dans ledit emprunt, toutes reconnaissances de liquidation, ou papiers quelconques, nature de liquidation ; *l'opération était toute simple.*

Du temps des Colbert et Mazarin, l'emprunt fut fait en numéraire , et remboursé de même.

Mais, en raison de la nature de numéraire à prendre dans l'emprunt pour comptant, et qu'il faut trouver le moyen de rembourser en numéraire un prétendu numéraire qui n'eût été que du papier pour l'état (*des reconnaissances*),

Les Colbert et Mazarin auraient opéré comme tout le monde le pensera (*excepté les agioteurs*).

« Qui doit venir au-devant de son créancier,
« si ce n'est le débiteur ? (*en raisonnant comme*
« *état* , c'est l'inverse); c'est le seul quiait in-
« térêt à ce que sa créance soit acquittée.

« Qu'il soit payé en 3, 5 ou 10 ans , pourvu
« qu'il soit payé intégralement; quand l'état peut
« l'indemniser au delà des facultés que pour-
« rait se permettre le particulier.

« *Un débiteur est bien fort quand il ne craint*
« *pas son créancier.* »

Pour rembourser en numéraire , il faut faire un
fond de caisse.

En portant à l'emprunt ses reconnaissances ou
bordereaux de liquidation pour comptant, on aurait été obligé de fournir un supplément en numéraire , qui aurait été d'un cinquième en sus.

Lequel supplément aurait formé une caisse
suffisante pour opérer les remboursemens des
coupons ou annuités, tous les ans, en numéraire ,
avec les économies qui auraient résulté de l'opération d'une liquidation bien entendue : certes, ce
cinquieme eût été plus légitime, et dans le droit
des gens, que la contrainte des supplémens de
cautionnement.

Quoique cette opération eût été l'inverse des
supplémens de cautionnemens, cependant, par
une liquidation générale, on aurait trouvé ce supplément sans contrainte.

Supposez-vous une journée du 20 mars ou les
cent jours, l'opération de 1655 était et devenait

plus nécessaire ; l'état ne se serait pas aperçu des charges et du joug imposés par les puissances.

Comme toutes les liquidations par nature n'eussent pu être terminées de suite, et l'emprunt rempli de suite, il eût été à propos de le laisser ouvert pendant cinq ans, ou jusques après le départ des alliés.

Il n'y a pas de doute que les étrangers auraient placé dans l'emprunt, par l'appât d'une rente viagère qui aurait donné 14 et 15 pour cent, en achetant des bordereaux de liquidation sur la place.

Les indemnités données d'une main, rentrées de l'autre, c'eût été le véritable jeu du 30 et 40, passant dix fois de suite.

Le créancier, en mettant son bordereau sur la place, par l'appât d'une rente viagère, serait rentré dans ses capitaux, sans perdre de 30 à 40 pour cent d'après la loi du 28 avril.

L'agioteur aurait travaillé sur les reconnaissances de liquidations, les coupons d'annuités, le cinquième de l'emprunt, et sur la rente divis.

L'état se serait trouvé liquidé en dix ans, sans bourse délier, à cela près d'une rente viagère de 30 à 40 millions, d'après les combinaisons.

TABLEAU DE L'EMPRUNT.

Mise de 12,000 fr.

Les 4/5 en bordereaux ou reconnaissances
de 10,000
Et les 1/5 en numéraire. 2,000

Constitutions de rentes à 3 p. o/o. . . 12,000
360 liv. viager.

Les valeurs seraient les mêmes qu'en 1653.

10 coupures ou annuités payables d'année en année.

Des effets en portefeuille, de l'argent au besoin, et un arriéré liquidé.

Quant à la constitution de la rente à 3 p. o/o de son capital, il aurait été libre, en portant à l'emprunt, de placer la rente sur télle tête qu'il aurait semblé.

La constitution pouvant être détachée des coupures à rembourser tous les ans ; le décès de l'usufruitier arrivant dans l'intervalle des dix années des remboursemens, cela n'eût pas empêché tous les cohéritiers de se partager lesdites coupures ou annuités ; il n'y aurait eu que la rente d'éteinte si elle eût resté sur la tête du propriétaire desdites coupures ou annuités.

Bénéfice accordé à l'Emprunt.

Comme toutes les liquidations n'auraient pu être terminées au moment de l'ouverture de l'emprunt, l'emprunt aurait donné les jouissances de semestres en semestres, ou de trimestres, pour que l'on puisse placer de suite ses liquidations.

Celui qui aurait versé dans les six premières semaines de son trimestre, aurait eu la jouissance du premier jour du trimestre dans lequel il aurait versé.

Bonification. . . . . 1/8.

Ce délai aurait été avantageux pour ceux qui aurait eu à emprunter le cinquième à ajouter à leur mise.

Autre faculté pour les porteurs de coupures par dixième, celui de pouvoir se servir de cette coupure six semaines à l'avance, pour comptant, dans toutes les caisses de l'état.

Bonification. . . . . 1/8.

Cette opération aurait rendu 25 p. o/o la première année, sur les intérêts . . . . 2/8, comme il est démontré par le tableau du remboursement progressif ;

Et 12 1/2 chaque année ; ce qui fait que la rente viagère eût été pour les uns de 12, et pour les autres de 15 à 16.

Par cette facilité, une rentrée plus prompte et plus assurée pour l'état.

Et pour les créanciers, l'usage de ses fonds à l'avance, sans attendre les époques des remboursemens (*espèces de plus en circulation*).

Il n'y a pas de doute que l'emprunt n'ait été accueilli, même par les étrangers, par les avantages qu'il aurait présenté, même avec les journées du 20 mars et les cent jours.

FONDS DE L'EMPRUNT.

Par la mise du cinquième à verser à l'emprunt,
400 millions de bordereaux de liquidation par
le 5ᵉ auraient produit 700,000,000

.1200 millions doi-
vent donner. . . . . 300,000,000.

300 millions con-
vertis en rentes au
cours de 1814, de 56
à 60, auraient donné. . . . . . . 145,000,000.

Capital de l'em-
prunt. . . . . 445,000,000.

445 millions for-
ment un revenu de. . . . . . . 22,000,000.

Caisse des rem-
boursemens. . . . . 467,500,000.

Au moyen des 445 millions de moins sur la place, la rente eût pu monter de 60 à 85 p. o/o, sans avoir besoin de 40 millions de dotation, et au moment de la négociation, pour opérer les remboursemens, la caisse de 445 à 550 millions; ce qui ferait le tiers du capital à rembourser.

REMBOURSEMENT

DE L'EMPRUNT.

———

Pour établir des calculs presque certains sur la masse, je suppo-
se une liquida-
tion de. 1,200,000,000   Masse.

Avec le pro-
duit du 5ᵉ de. . .   300,000,000

La masse du
capital à rem-
bourser. 1,500,000,000   1,500,000,000

Le 10ᵉ à payer
chaque année
est de.   150,000,000

Par la liqui-
dation générale
on trouvait les
fondssur les éco-

nomies des inté-
rêts : 1º par la
caisse d'amortis-
sement de. . . .   40,000,000

   2º Les frais
de négociation
et intérêts de
caisses..   25,000,000

   3º 40 millions
pris sur les fonds
de la nouvelle
caisse du 5ᵉ de
440 millions, ci.   40,000,000

   4º Les intérêts
de la caisse, des
440 millions
tous les ans.
La 1ʳᵉ année de.   22,000,000

   5º Par un im-
pôt particulier..   23,000,000

Somme égale.   150,000,000

Comme les intérêts de la caisse des 440 millions
eussent été en décroissant chaque année par les
40 millions pris sur la caisse générale , en remet-
tant sur la place pour les remboursemens, il con-

viendrait calculer sur 25 à 3o millions de fonds à faire tous les ans. Cette somme n'eût pas été difficile à trouver, comme je vais le prouver :

Par les centimes de non valeur, dont on n'aurait pas eu besoin, les impôts n'étant pas exagérés ;

Par les centimes de la confection du cadastre, chose à remettre à un temps plus propice.

Par cette opération, économie de 65 millions effectif, en réservant 45 millions pour la rente viagère.

Différence de ministres et d'opérations.

Les tailles, sous les Colbert et Mazarin,

En 1658, étaient de 56 millions.

En 1685, réduites à 35 millions.

Je laisse à penser quelle différence pour le peuple et le souverain !

Je pense que cette opération de 1653 est assez développée ; que les résultats qui sont assurés présentent un avantage réel de pouvoir liquider une dette énorme en dix ans, sans s'endetter, et presque sans bourse délier ;

Celui d'avoir une caisse flottante, pendant 5 ans (*caisse au besoin*) ;

D'avoir trouvé le moyen d'emprunter 3 à 4oo millions sans intérêts ;

D'avoir pu conserver toutes les indemnités.

Quand la journée du 20 mars, ou les cent jours auraient eu lieu, en attirant l'étranger dans l'emprunt par l'exactitude des remboursemens des annuités; de pouvoir espérer voir remplir cet emprunt en numéraire, faute de borderaux de liquidation, espoir de voir diminuer les budjets tous les ans, n'ayant plus d'arriéré de caisses, cette opération devant amener des économies naturelles; plus de compte à demander des divers ministères, chose désagréable pour la chambre des députés, et encore plus pour les ministres; c'est ainsi que l'équilibre se serait établi.

Calculons comme nos pères, par unité (*c'était le temps heureux*).

Évitons de compter par dixaines, cette facilité nous faisant sauter trop vite aux milliards (*ce qui cause notre malheur*).

OBJECTIONS.

On ne manquera pas de dire que la liquidation des cautionnemens est dérisoire.

La garantie est illusoire pour l'état et le particulier; un comptable ne s'en va jamais les mains vides; c'est une mesure dont un gouvernement se sert quand il a des besoins urgens.

Espèce d'emprunt forcé.

Avantage résultant des remboursemens des cautionnemens. (*Moins de débets tous les ans*).

D'une part, les comptables, donnant des immeubles pour garantie, seraient des propriétaires ou des personnes qui tiendraient à quelque chose (*des agens fidèles du Gouvernement*).

Au lieu que ceux qui fournissent des espèces ne sont souvent que des agens qui, par la facilité de trouver leurs fonds dans les mains de leurs prétendus amis, ou des spéculateurs qui en profitent pour prêter à un intérêt si haut, qu'ils forcent le comptable de manquer à leurs engagemens, ne recevant du Gouvernement qu'un intérêt médiocre.

Je m'attends aux objections que tout le monde pourra faire quant au cinquième, et sur la rente viagère au bout de dix ans.

Pour le cinquième à demander à son créancier, *je conviens que c'est choquant*; mais venir au secours de son débiteur, n'est pas nouveau: il en est différens exemples que je pourrais citer.

Pourquoi ne pas supposer un même amour à une masse entière, quand il s'agit du bonheur de son souverain, de ses concitoyens, même de soi-même ?

En ce qui touche chaque individu.

Le célibataire (*quant à la rente viagère*), c'est attendre trop long-temps.

Voudrait-il se procurer des jouissances plus promptes ? il aurait pu vendre sa rente, pouvant être indépendante des annuités.

Cette rente le couvrirait de son cinquième et au delà.

Le créancier serait-il embarrassé pour fournir le cinquième ? deux moyens : celui de vendre la rente, l'autre de pouvoir négocier les deux premiers coupons sans beaucoup de perte, d'après les bonifications accordées à l'emprunt, comme je l'ai dit ci-dessus. Les coupons, la première année, gagnant 25 pour cent ; et, les autres années, pour 45 jours à l'avance, 12 pour cent ; chance pour l'un comme pour l'autre.

FIN.

Imprimerie de Vᵉ H. PERRONNEAU, quai des Augustins, n° 39.

www.ingramcontent.com/pod-product-compliance
Ingram Content Group UK Ltd.
Pitfield, Milton Keynes, MK11 3LW, UK
UKHW050121110726
13657UKWH00007BB/2096